오
지

못
하
게

열/린/시/학/정/형/시/집 168

오지 못하게

김명희 시조집

고요아침

시인의 말

/

언 손은
돌처럼 단단한
불씨,
사향처럼 피워내면서

2021년 겨울
김명희

차례

/

시인의 말   05

제1부

풀베기   13

가뭄   14

파도의 불춤   15

꽉 홀쳐맨 괄약근   16

낡은 신발   17

봄   18

말의 원본   19

알집   20

절벽, 난간   21

하회, 느티나무   22

안동댐, 돌아가지 못하는   23

헐·벗·은 유혹   24

담쟁이 넝쿨   26

폭염경보   27

지금 이대로라면   28

제2부

꽃 독   31

툭, 하면,   32

찔레꽃   34

봄눈   35

아버지의 먼 길   36

깜깜 새벽   37

마음의 속도   38

당신의 등 뒤에서   39

푸른 하늘의 소낙비   40

눈빛 섬   41

오메가 낚시   42

입암산 갓바위   43

손자국   44

강물의 탄원서   45

낙지   46

제3부

동서울터미널   49

수족관 대게   50

그날   51

숨어 우는 바람 소리   52

헛소리   53

오버, 여기는 상담실   54

시詩가 보고 싶은 날   55

소문   56

봄바람처럼 오실 거다   57

트위트tweet   58

워킹맘   59

영혼의 무게를 재고 있는   60

알코홀릭alcoholic   61

유통기한 지난 말   62

봐요, 환한 걸음   63

제4부

하늘   67

이별 후유증   68

사라지지 않는 욕구   69

겨울이 오기 전   70

휘청거리는 오후   71

아름드리 벚나무   72

겨울 한복판   73

밤비 소리나 멎으면   74

눈꽃   75

꽃들, 염색하는 날   76

풀꽃   77

껴, 껴, 껴   78

숨어버린 걸까, 숨었다   79

그해, 축산항에서   80

자전거   81

제5부

말할 수 없어서, 말을 하고 마는   85

가을, 방화둘렛길   86

절규   87

오랜만에 걸려 온 전화   88

어린 풀들   89

장마   90

그저 동박새처럼   91

침묵   92

물결 속에서   93

지름길   94

여론   95

죽음을 살다   96

물의 가시   97

알   98

끈   99

언 손   100

징검다리   102

벽시계   103

해설_존재 성찰과 도저한 여성성 사이의 자유의지

        /이지엽   104

제
1
부

풀베기

하루 종일 풀처럼
번식하는 당신 생각

자를 수가 없어요
그 눈빛이 나를 품어

고개를
갸웃거리며
붉게 타는
저녁놀

가뭄

당신의 손때가

묻어 있는 내 젖가슴

훔쳐볼 눈들 없어

브래지어 홀딱 벗었죠

가문 몸

햇살이 빨고 있어

못 끼얹는

찬물

파도의 불춤

용접 불꽃처럼 튀어 오른 파도의 온몸
바닷물이 뒤집혀 용솟음치는 불춤이다
못 끓을 무릎이어서
꼿꼿한 목 꺾을 수 없어

고하도 바닷길을 숨 가쁘게 달려왔다
물 울타리 곱게 두른 입암산 갓바위엔
손발이 시린 겨울도
뜨거운 심장 끓고

한 하늘 모였다
다시 떠가는 구름
손가락 걸던 약속 갈바람 어깨 스칠 때
낮잠 든 뱃고동 깨고 봄날 다시 활개 쳤다

누군가 앞을 가린 발 걸린 어둠 쫙쫙, 찢어
목 죄인 아침 바다 들끓던 모국어들
눈 깊이 아프게 새겨, 물불 섞여 타오른다

꽉 홀쳐맨 괄약근

한층 얇아진 몸은 다시 물결 보태지요

구멍이 없다면 산부인과 젊은 남자 의사의 눈길 앞에 어떻게 다리를 쩌억 벌리겠어. 아무리 일회용 비닐장갑을 꼈다지만 그 손이 구멍을 비집고 들어와 골반뼈를 꾹, 꾹 누를 때 아, 아 아파요, 내 소리가 귓구멍으로 들어가 달팽이관을 물어뜯는지 아파요, 그만, 그만, 그 남자 시뻘건 시선으로 나를 내려다본다. 구멍이 없다면 말이야, 진실은 말하는 게 아니라 보여 주는 것, 입가에 거품 문 줄도 모른 채 열강하는 선생님 얼굴, 스친다. 아, 구멍이 없다면, 떨쳐버릴 수 없는,

불안이 빠져나갈까 꽉 홀쳐맨 괄약근.

낡은 신발

햇살이
제비꽃 잎에
뭔가를 끼적거리고

새는
높은 가지에서
흰 젖가슴을
내밀었다

갸우뚱
낡은 신발이
중얼거리며 걸어갈 뿐

봄

추위 벗은 바람이
몽유병자처럼 설쳐댔습니다

봄이 오지 못하게, 문이라는 문 꽉! 꽉! 걸어 잠갔습니다
그런데 봄, 봄, 요놈의 봄, 미친 봄이 막 쳐들어왔습니다
어머니 수의 한 벌 지어 주고는 뜨건 숨결 거둬갔습니다
똑똑히 지켜보고 있던 내 눈, 붉은 동백꽃 나무 아래 툭!
떨어지고, 봄은 저만치 달아났습니다

먼, 먼 길
하얀 찔레꽃
언덕배기
그 너머

말의 원본

네가
걸어 준
성모상
목걸이는

때로 고통 끌어안고도 너를 잊지 말라는

끔찍한
침묵, 일부라는 걸

복사 못 하는
말의 원본

알집

괄약근 빠져나온 알, 물 위에 둥둥둥둥
햇빛 손이 낚아채도 개구리알처럼 빠져나간다
뽀오얀 수증기 속에
저 눈들 한통속

몸을 감싸는 성체性體 아메바 세포 분열하듯
눈들이 보다 못해 터져 나온 웃음소리
오목 손 물샐 틈 없이
건져 올린 하얀 섬

일흔셋 왕언니 회귀새가 따로 없다
야, 예뻐, 이 꽃망울들 끝없이 피겠다야!
갓 나온 병아리처럼
없는 목뼈 핏대 세운다

하회, 느티나무

　하늘 치솟은 나무 깊은 우물 흔들다가 제 그림자 밟을
때마다 무늬 자꾸 달라지는
　저와 저 아닌 것 사이 실루엣이 하늘하늘

　새소리 자지러져 빨간 잎물 단내 내뿜어 자잘한 걱정거
리와 오래된 현기증 잠잠
　시멘트 첩첩 바른 몸 육백 년 달빛 흘러

　삼신당 구경꾼들 허리춤에 꽂은 소원 쪽지 나무 온통
뒤덮어도 물보라처럼 일어나서
　가을빛 핏줄 속 스며 주름살 쓰다듬는다

절벽, 난간

늘 푸른 나무 한 그루
뼈와 관절 쑤시는 오후

드센 바람 마주한 채
길어 올린 눈물의 길

오늘도
생生을 펼치려
절벽, 난간

하늘 오른다

안동댐, 돌아가지 못하는

자잘한 빛의 입자 내 발등 찍고 찍어대

발은 추월한 적 없어 돌아가 땅을 치지만

가쁜 숨 몰아쉬면서 눈살 자꾸 찌푸린다

배롱꽃 짓밟히는 소리 금세 흐름 바꾸어

불덩이 길 어느새 댐 안쪽에 밀려와 있다

침묵의 시간 거슬러 돛 올린 배 한 척

잔물결 몸짓으로 물 위 멀리 뻗어 나갈 때

한 번 나선 길 돌아갈 생각 없다는 듯

빛 입자 구멍이 뚫려 기억조차 떨림 없다

헐·벗·은 유혹

1.
한 귀퉁이가
찢어진
우산이 걷고 있었다

여자의 젖어 얇은 옷
풍만한 그 젖가슴

밤마다
사진처럼 뽑혀 나와
내 꿈길에
펼쳐놓는가

2.
내 눈을 씻을수록
두 젖 출렁이는 여자

고삐 풀린

말처럼
펄떡펄떡 날뛰다가도

보름밤
물이 넘치나

꿈꾸던 시구
잠 깨우네

담쟁이 넝쿨

내 손등 파란 핏줄처럼
너의 얼굴 만지고 싶어

지문은 빗방울 흔적처럼 남는다

미열의 아득함으로

한순간도 멈출 수 없어

폭염경보

중년 여자 강가에 앉아
해를 물에 담그다가

긴 머리채 움켜잡고
연필 칼로 싹둑 자른다

가슴속
깜깜 골짜기
물안개
하늘 닿을라

지금 이대로라면

'자기' 말이 무거운지 그는 '지-야' 불렀다

선크림 하나 사다 줘, 그는 내 무릎을 베고 누우며 말했
다 그가 할 수 있는 일은 내 치맛자락을 돌돌 말아 올리다
가, 혼자 술을 따라 마실 것이다 심심해지면 치맛자락 속
으로 떨리는 손을 슬쩍 밀어 넣고, 그러나 스타킹만 비틀
어볼지도 모른다 내 허벅지 맨살 혓바닥으로 핥을 수 없
는 그이기에 지금 이대로라면,

나 그의 무릎 위에 와락, 올라앉을지도 모르겠다

제
2
부

꽃 독

그 사내는
저물녘
길가
꽃들 마구 따먹었다

꽃 독으로 설사할 때
CCTV 눈들이 시퍼렜다

기억을 깨우지 못한 사내
입까지 게운

떨어진
갈잎

툭, 하면,

나는 날개를 잃어
쇠사슬 끌고 다녔다

남들이 비웃는 슬픔,
꽃들이 피를 흘렸고

반쪽만
겨우 뜨는 눈
시詩를 쓰며
밤을 새웠다

그해 겨울
바닷가
파도 소리에 마음 끌리며

오래된 몸 속 빈 집이
만월滿月로 부풀어 올랐다

바람이 나를 불러도
먼 불빛에

눈알 던졌다

찔레꽃

어머니 가신 길 흰 찔레꽃 따 먹다가
목젖을 옥죄는 울음 꿀꺽 삼킨 봄날

강물은 몹시 떨면서
물새 발자국 게웠지요

당신 사진 웃는 모습, 따뜻한 봄볕 같아서
그 숨결에 잠들고 싶어 뒷산 새들 울고 있어요

강물 위 떠가는 꽃잎
훑어내는
오·장·육·부……

봄눈

눈이 내렸습니다
목 타는 함박눈이

그 하얀 흔적 지워버리고 그날 밤, 어머니 하늘 문 여시는 소리, 눈 내리듯 고요했습니다. 눈부신 눈빛에 눈이 멀어, 밥 생각도 없다 시며 종일 물 한 모금도 못 드시던 당신의 흰 웃음, 뒤집어지지도 않는 내 꺼먼 가슴속에서 꽃으로 피어났습니다.

아, 꿈결
꽃바람 사이
따순 맥박 흐릅니다.

아버지의 먼 길

"엄마는? 어디 갔어?
엄마 빨리 데리고 와……"

나만 보면 채근하는 아버지의 애원, 치매로 몸져누운 가망 없는 그 눈빛은 어머니의 적막한 무덤, 그 무덤에 순장되는 그리움이어서 나는 어머니의 커다란 영정만 다시 한번 들어 보일 뿐입니다. "너희 아버지 보고 싶다……" 이승을 끄며 이승에 남긴 어머니의 마지막 그 목소리, 나는 또 아버지의 귀에 가만히 전합니다. 아버지, 짓무른 눈동자 속 멀리 서 있는 어머니. 병석의 가느다란 아버지의 이 발목,

이제 막 병상 털고서 꽃신 신고 나아가실

깜깜 새벽

— 1974년 1월

거센 바람 몰아치는 날 아버지는 먼 길 나섰다
밀린 품삯 받아내어 내 교복 사야 한다며

따뜻한 물 한잔 못 잡숫고
초롱에 불붙이셨다

헝겊 덧댄 낡은 고무신 대문 조용 넘어가셨고
어린 별들 깊은 꿈속 달 밭 향한 시오리 길

모른 척 돌아누우며
이불 당겨 뒤집어썼다

툭! 툭! 고드름 소리 한세상 얼어버릴 듯
도처에 비닐 소리 허공 뒤흔들고 있어

벌겋게 목젖, 젖어서
해를 당긴
시린 손

마음의 속도

길을 잃은 밤 신호등 없는 네거리다

내비게이션 멈춰 버려 내 심장은 조여들고 장대비 무심
히 퍼붓는 시골 밤 마음은 속도에 쫓겨 간혀버렸다 차창
밖 찬바람이 산짐승 소리 몰아오고 이리저리 핸들 꺾으며
숨 가쁘게 굴러온 세상 깜깜 허공 어디에선가 번갯불이
자꾸 눈을 스쳐

길들이
앞을 막아도
여름처럼 나아간다

당신의 등 뒤에서

나는 낙엽처럼

간

길, 돌아올 줄 몰라

하얀 갈대꽃이나

샛노란 들국화도

메마른

눈알 스치는

바람 소리 시리다

푸른 하늘의 소낙비

아버지 발목이 환한 병실 창가에 서서
인사 못 나눈 몇 해 주저앉을 수 없어
5층에 내 눈 붙였다 뗐다 코로나에 진저리

폐암으로 각혈하면서도 아버지 챙긴 어머니
한파 속 냄비 들고 국수 사 온 둘째 딸아이
서로를 어루만지며 뜨거운 핏줄 다 태웠지

저만치 오는 이별 도무지 막을 수 없어
설익고 푹 삭은 눈물 가을처럼 뒹굴어
그들의 아린 속살 첩첩 돌아 돌아서 갈 수밖에

목쉰 까치 소리 헛발 디딘 공중 곡예
콧줄*로 끼니 잇는 아버지 잊은 말 같아
아 영통*, 중얼거리다 숨이 막혀 그 자리 선다

* 콧줄 : 코에 꽂은 고무호스 위장까지 내려가 있음.
* 영통 : '영상통화'의 준말.

눈빛 섬
— 콧줄 좀 뽑아 주세요!

눈 덮인 숲길 헤매다 발이 그만 덫에 채여
등 굽은 그림자를 떨쳐버릴 줄을 몰라
십오 년
깃 다친 새처럼
붕대 감고 누워있어요

콧줄을 갈 때마다 숨 멎을 듯, 아흔다섯
말랑한 살 죄다 말라, 마른 파래 가죽 남고
온몸이 쭈그러들어
타는 속내
남극 빙하

콧줄 꽂아 말을 잊어 링거줄처럼 고요해요
병원 문만 나서면 저승 버스 탄다는데…
눈물이
다 말라버린
외로운
눈빛 섬예요

오메가 낚시

서쪽 하늘 쳐다보는 곳 석양 붉은 오메가다
노을도 포즈 취해 바다 깊이 스며드는 시간
쉿, 조용 카메라 셔터 소리
곁눈질도 접었다

차귀도 거센 바람 절벽을 비켜 가는 날
몇 무더기 갈대꽃 침묵 속에 갇혀 있고
갯바위 가끔 뛰쳐나와
고요를 흔들었다

한동안 묶여 언 발 영하 5도에 넘어져도
해를 먹은 고깃배 수평선 파도 건너가고
이 낯선 시간의 거울
가슴 겹겹 안고 왔다

입암산 갓바위

끝 찾아가야 할 길 얼마나 남았을까

파도가 막아서도 천년 눈비 헤쳐 가는

발자국 물길 가른다 갓 돋은 햇살 쓰고

끊어질 듯 이어지는 물새 울음 어루만져

저 빈손 정맥의 심연, 어디에 닿고 싶은가

굳은살 뜨겁게 끓어 바다 늑골 저어간다

무수한 물소리에 살 터지고 뼈 깎였지만

아프지 않은 생이 어디에 또 있으랴

접었다 풀어헤치는 파도 계단 또 오른다

손자국

아직도 당신 손자국
유리창에 환해요

타다 남은 장작불처럼 이별은 온기만 남아

자다가 뒤집어지는 속
진통제로 달래질까요

창문 밖 측백나무에 물방울 꽃 반짝일 때
새들이 노래 불러 손뼉 치며 발 까닥이던
당신 손 잡을 수 없어 오작교 걸어갈까요

까마득한 하늘 너머
흰 구름 죄 걷어내면

그리운 눈빛 하나로 함께 흐를 수 있을지

천등산 구절초 꽃처럼
가을볕 끌어안는

강물의 탄원서

고요한 저 강물 지금 미쳐 날뛰고 있다
엉기고 다투지 않더니 물 위 마구 빌딩 숲
그 누가 허가 내줬냐고 푸른 숨길 턱, 막혀

자꾸만 눈 막아도 볼 것들은 보이는 법
무슨 말의 꼬투리 악취처럼 뿜어낼 듯
죽어도 다시 살아나 더 질기게 흐를 태세

한 움큼 꽃다발 향 산모롱이에 건네고
한 백 년 지난 어느 날 금빛 햇살 담아라
다 닳은 신발 끄는 소리 또 한 번 흘러간다

길고 먼 여정은 새 삶의 전부인 듯
고단함을 닦아내려 산으로 피할 순 없어
조약돌 간지럼 태우며 한바탕 너스레

낙지

꼭, 꼭
붙잡으려 해도
너는 자꾸 달아나고

내 한 입 욕망들은
접시 위에 꿈틀거린다

온 몸이 뚝뚝 잘려서
갈 곳 없는 길
그냥,
간다

제
3
부

동서울터미널

문제에 답이 없는가 낮술 비트는 사내
마구 쏟아내는 말들
허기진 포만감 낳고

오만상 똬리를 틀며 숨 막히는 미궁 속

인파 잘들 오가는데 문득 생이 멈췄다는 듯
쓸쓸하지 않다는 척,
썩은 희망 꼭 붙잡고

시든 몸 또 하루를 공친 가는 곳 그 어딘가

세상이 이 꼴인데 할 말 뭐 있겠냐고
조용히 해달라는
단속반원 신신당부

그 말을 집어삼키며 열한 시 막차 떠난다

수족관 대게

― 코로나 팬데믹

유리 수족관 속에 탑 쌓는 저 홍게들
서로 얽히고설켜 내 다리가 네 다린지
한참을 기어오르다
뒤뚱뒤뚱 고꾸라져

왼쪽 눈 가로막아 오른쪽 눈 찾아보니
내 눈이 네 눈 되고 네 꿈이 내 꿈 되고
정신이 몽롱해져서
부릅뜬 눈 비틀비틀

게 갑 속에 넣고 온 짠물 눈치껏 게워내고
숨이 가빠지는 걸음
발자국이 뜨끈뜨끈
희뿌연 수족관 벽이 첩첩 붉게 물든다

그날
— 흑인 남성 조지 플로이드 사망

황급히 길을 가다가
거미줄에 낚여버렸다

여름 한낮 허공 날던 한순간 눈앞 깜깜했겠다 목목목
목, 조르지 마! 파랗게 질린 통곡의 그 입술, 애끓어 바라
볼 수 없는 눈 붉은 바람 행렬 노을 속, 간다, 간다

피 비린 하늘 바다에 물새 울음 떨고 있다

숨어 우는 바람 소리

시 창작반 학생들은 무슨 방식으로 사는가

딱딱한 껍질 속에서 멀쩡하게 웃고 살까 숨어 우는 바람 소리처럼, 수목원의 꽃향기로 살까 열 명 중 아홉은 숨어 우는 바람 소리로 살고, 울고 또 언제 그쳐야 하는지 몰라 정말 막막할 때 많다 고양이가 쓰레기장 뼈다귀 살점 입 째지도록 뜯어 먹다가, 삶과 죽음의 경계선에 입맞춤이나 하다가, 내 눈과 딱 마주쳤을 때 놀란 눈빛, 허겁지겁 도망치는 순간 참 막막했겠다 숨는 것들은 눈치코치 없이 그저 숨는 게 아니다 숨고 싶은 속성 다 버리고 끝내 드러내고 싶다는 것, 숨어 울기 전까지는 아예 그리고 싶지도 않았다는 것, 어쨌든 숨지 않으면 견뎌내기 어려운 사정 때문이 아니냐

반 토막 영혼 부추겨 시詩 씨앗 비대해진다

헛소리

분침이 시침을 와락, 덮치는 그 순간
도둑놈들 확 쓸어버려! 남자 얼굴 성난 황소
소주병 물고 빨아대는 주머니 속 심사리라

저 입술 너머로 마흔 번 더 쪼개진 계절
온갖 말들 끓고 있는 냉가슴 뿔로 치받다
멈춰진 신용카드 몇 장 고장 난 시계처럼

오버, 여기는 상담실

56살 남정발, 능욕 예의 있는 분…

여자는 만남 사진 전화 요구 거절해요 라인으로 대화만
할 분 톡 주세요 25살 이하만 말 걸어주시고 나이 꼭 밝혀
주세요! 사진 보내시거나 만남, 통화 원하시는 분 바로 차
단이에요 지금도 치마 위에 손을 얹어 거시기 만지고 있
어요 집 나가고 없는 남편의 공백이 너무나도 크네요

한적한 심야 점멸등 기억, 여여茹茹

시詩가 보고 싶은 날

내 몸속 고름 터질 듯
부리나케 널 찾았다
욕조에 팅팅 불은 그것 나만큼이나 숨이 찰까
몰려온 낡은 생각의 땟국물, 네 맘대로 해라

온몸이 욱신거려
시詩가 헛돌고 헛돌 때
매의 눈알 CCTV 온 사방에 활개 치고
섬뜩한 침묵의 순간 심장 소리 희미하다

오래된 약속처럼 봐요, 괜찮은가요?
어둠 속에 똬리 튼 삼월, 설원 강렬한 흰빛
지천에 음험한 씨앗
자다가도 번쩍 눈뜰

소문

배롱꽃 활짝 핀 날, 여자들이 나를 쏘아댔다

의사가 뭐래? 아들이래? 우성아파트에 떠도는 웅웅, 벌떼 같은 소리들. 9층의 나한테 올라오다 말고 8층에서 미끄러져 떨어져 버린 소리들. 101동 앞을 지나가는 내 앞길 가로막고 서서 몸 좀 괜찮아? 낯익어 낯선 소리들이 순식간에 나를 에워쌌다. 입덧 심해서 입원했었다며? 유산된 거 아니지? 하도 안 보여서 이사 간 줄 알았지 뭐야. 여자들의 말, 순식간에 톡 쏘인 내 얼굴 시뻘겋게 부어올랐다. 나도 모르는 사이 군데군데 가렵고 따갑고 아픈 내가 있었구나, 생각하는 이 순간, 나도 모르는 내 소문 사이로

아들이 준 반지 낀 여자들
나를 미리
유산시켰다

봄바람처럼 오실 거다

마스크 쓴 사람들
또 어디로 도망치는가

길거리에 사람들이 코와 입을 막고 막 뛰어가는 걸 본 그 날, 편도염을 앓았다 내가 종일 미세먼지에 갇혀 떼 지어 어수선하게 날아다니던 새들이 나뭇잎 밑에 숨어들었다 겹겹의 벽이 허공에 있다 햇빛의 눈부심이 다한 것 마냥 대낮 어디쯤에서 밤이 내릴 것 같았다 내가 발음하기도 전에 내 가슴 깊이 잠자던 좁쌀 같은 풀꽃들 물굽이 따라 환히 피어났다

어머니 미세먼지 헤치고 오실 거다, 봄바람처럼

트위트tweet

저 낡은 벤치처럼 오랜 기억 삐걱거려

젊은 시절 놓칠세라 몸 비틀다 날아간 새

똥줄이 타들어가나, 허공에 시詩 막 갈긴다

목구멍에 가둔 소문 트위터에 퍼트릴 듯

꿀벌의 긴 더듬이 심을 빼 도로 넣을 듯

먼 강을 들락거리다가 탭 댄스에 눈을 뜬다

초대 앱 안 띄웠는데 슬며시 끼어든 대낮

드론이 와 훌라춤 춰도 차마 밀쳐내지 못해

지지리 궁상 끝에서 날갯짓이 뜨겁다

* 트위트tweet : 트위터에 실시간 글을 올린다는 것을 의미.

워킹맘

새벽에 깨어나 칭얼대는 아기 재우고
밤새워 앓던 고열 허리 질끈 동여매고

킥보드
쌩쌩 달려서
방화역 앞 닿아요

커다란 손 같은 낙엽, 마구 떨어진 길
발밑에서 바스락! 부서지는 현기증

잰걸음
보태질 때마다
격렬하게 꿈틀거려요

숨 가쁘게 그렁대는 거센 바람 밀치면서
입김이 안경 가려도
팔다리 잘도 쫓아가요

지하철, 온몸 구겨 넣고 어느새 졸아요

영혼의 무게를 재고 있는

일없이 맥 빠질 땐 정신 딴 데 팔아봐

시 창작 수업 시간 쌍꺼풀이 두꺼운, 성냥개비 두 개가
거뜬히 놓일 속눈썹이 말처럼 긴 저, 남자 골백번도 더 웃
는다 목젖이 보일 듯 말 듯 한 저 남자가 내게 ㅊ하다, 알
을 깨고 나와라, 껍데기를 확, 벗겨라, 마법사가 빗자루를
타고 하늘 날 듯 시를 타고 맘껏 놀아라, 뭐, 뭐, 그런 코드
로 작품을 읽었다지만 ㅊ함과 ㅊ하지 않음 사이, 벽에 걸
린 장미꽃다발처럼 말라가는 내 냄새를 킁킁 즐겼을 저
오뚝한 콧날,

내 옆에 가만있다가는 죄, 재 확 뒤집어쓰겠어

알코홀릭alcoholic
— 소나무의 시간

하늘로 뻗은 발 시커멓게 얼어젖혔다
살과 뼈 삭고 삭아 갈 곳 잃어버리고
개천에 거꾸로 박혀 텅 빈 꿈이 뭉뚝하다

겨울로 가는 길목 산 그림자 쏟아지고
가쁜 숨 몰아쉬는 피맺힌 눈동자여
흰 눈이 그 비밀 알듯 길어지는 운구 행렬

그 흔한 휴대폰 주소록도 갖지 못한 채
숲이 읽는 바람 소리 수많은 행간 속에서
오, 질긴 비애의 시간 가지 겹겹 청청하다

* 알코홀릭alcoholic : 연약한 존재가 자신을 열정적으로 위로하고
있다는 뜻.

유통기한 지난 말

담배는 그가 피웠는데 내 입에서 냄새가 났다

문자 제때 보내, 문자는 매너의 몫! 이 말을 하기까지 그
는 나보고 강하다고 말했다 나는 그런 내가 먹구름 같아
싫었다 나는 여리디여린 풀꽃 같은 여자라고 했다 내 말
속에서 비린내가 확 풍겼다 나는 이미, 그의 눈을 가렸고
그의 귀를 막았고 그의 가슴까지 마구 뒤집어 놓은 뒤였
다 오히려 내가 아팠다 나는 둘 사이에 생긴 틈으로 숨어
들어 갔다 캄캄했다

아뿔싸!
유통기한 지난 말
곰팡이 돋아났다

봐요, 환한 걸음

쓰러진 은행나무 일어설 수 없어서
뿌리 뽑히고 꺾여 목숨 자리 하얗다
초록빛 울음소리가
귀를 찢는 여름 한낮

부릅뜬 폭풍의 눈알 물러설 방도 없어
빛처럼 쏟아지는 비
땅의 뼈
관절 다 녹도록
며칠이나 추근거렸다

허공 속에 빠진 발 제자리만 맴돌다가
햇살 크게 베어물고 헛된 식욕처럼
치뜬 눈 닫을 수 없어
걸음 더욱 단단하다

제
4
부

하늘

무거운 것 죄 골라 비로 내려, 텅텅 비었다

사방이 다시 환하게 퍼져 연한 풀잎 반짝였다 내 손에 햇살 듬뿍 받다가 그만 놓쳐버렸다 내가 부른 적 없이 나비가 왔을 때, 팬지꽃 거기 피어 있었다

내 손엔 찬란한 것들 왜 오래 가지 못할까

이별 후유증

누런 이빨 드러낸 여자가 으르렁거린다
그를 가둔 방문 하나 영영 찾을 길 없는가
갈수록 방 안의 공기 개껌같이 질긴 한낮

날카로운 손톱으로 벽지 마구 긁어댈 때
꽃들이 하르르 지고 흥건한 향기의 눈물
뜬소문 여러 겹소리 광기의 환청인가

녹슨 긴 쇠 목줄 자꾸만 짧아지는 시간
어쨌든 벗어나야 해! 심장이 부식할 사이
햇살이 고동치는 집, 새소리만 넘친다

사라지지 않는 욕구

사내가순식간에덮쳐버린저가로수살갗이벗겨지고사지
축늘어졌다

죽음밑닦을수없다달항아리피범벅이다

겨울이 오기 전

물 밖에 거북이 한 쌍 목구멍 타들어간다
등짝에 기어올라 퍼즐 조각 다시 맞추려나
축축한 안개 속에서
엎치락뒤치락 숨 가쁘다

거북이 주름진 목 앞다투어 무릎 세워
모래가 푹 파였다 다시 부풀어 올랐을 때
벌러덩 그 몸속으로
눈이 쏙 빨려든다

점액질 흘러넘쳐 죽어도 사랑해야 할
향내의 저 함정, 코를 살살 녹게 하고
저 거북
미쳐 날뛴다
엉덩이로 숨을 쉰다

휘청거리는 오후

그녀 얼굴 할퀴고
모른 척, 지나간 바람

온몸에
묻힌 꽃가루
감당할 수 없다는 듯이

오후의 끝자락에서
그만
속살
오그려 붙어

아름드리 벗나무

그날 내 성질 못 이겨 가지 마구 흔들어댔지

깜박 졸다 놀란 풍뎅이 발라당 뒤집어졌고

한동안 새순 돋지 않아 번번이 몸을 뒤챘다

얼기설기 까치집에 알 품는 온기 느껴져

천 년도 더 묵은 물거울 마음 일어나

이대로 늙을 순 없다, 고개 넘어 꽃 피웠다

바위 틈 뿌리 내리려 온몸이 으스러져도

하늘 한 뼘 잡고서 잔뼈 틀며 굵어질 때

천지의 미물들 안고 따뜻한 숨결, 불어 넣어

겨울 한복판

― 목욕탕에서

어휴, 더워 죽겠다! 여자들 알몸으로 앉아
얼음알 연신 깨물며 화투장에 불, 붙였다
잘 논다, 얼쑤 놀아난다, 안동찜닭 곧 올 판

또 한 번 불, 붙으면 노란 냄비 담뱃재 가득
니 다 따 처먹어라, 들쑤신 벌떼들 소리
한 모금 빨아 당겨서 코로 뿜는 연기 맛

어디도 갈 수 없고 오지 않을 수 없는 몸
목덜미 엉덩이… 여기저기 화려한 타투
모른 척, 질퍽할 그곳, 뭣이 흘러내렸다

밤비 소리나 멎으면

가지 말라 하면 안 갈 것도 아니잖니?

넌 지금 창문에 부딪치는 빗방울 제 몸 터지도록 울어 댄다는 걸 말하고 싶지? 그건 지워진 발자국 탁본하겠다 는 것 아니고 뭐니? 차라리 뭉쳐 놓은 돈 없는 내게 일수 놀이나 하라는 게 더 어울리겠다 어제 내린 비 내일도 안 멎으면 안 갈 것도 아닌 너!

끝끝내 가지 말라는 말 안 할 내가 아니지

눈꽃

그는 잠시 머물렀다

흰 장미 감싸 안은 채

평생 잊을 수 없을 그 향기에 묻힌 꿈!

수십 년 헤맨 길 끝에

기어코 환히 핀,

꽃들, 염색하는 날

흰 꽃들 떨고 있다
두려움이 섞인 희열
등뼈 타고 오르는 물감 멈춰, 말 못한 채
운명을 거부할 수 없어
멍이 드는 목덜미

푸르뎅뎅 뜬 얼굴
열두 쌍 늑골이 울어
기침이 자꾸 나오고 횡경막이 들썩여서
막간극 꼼짝 않다가
피눈물을 꺾는다

물에 빠진 파리처럼
양동이 넘을 수 없고
꽃잎의 크기만큼 백열등빛 받아가면서
비명을 지르는 목젖 봤다, 둘러치지 마라!

풀꽃

산자락 가랑잎 사이
가랑이 벌려선

풀
꽃송이 흔들리고 있다

순한 손
어린아이가
꺾어 갔을
쑥대밭 곁

껴, 껴, 껴

여자들이 지껄이는데 1818 팽팽 늘어날 말
혓바닥이 짧은지 뺑 뛰어 쌍팔쌍팔하잖니껴
발정 난 괭이들 마냥 배앓이가 시작 됐니껴
여자들은 한 움큼씩 돌미나리 씹어 삼키싸코
먹어도 줄지 않는 나이 낮술에 비틀어싸코
가뭄이 타지 않을 몸, 말에 다 빨렸잖니껴

숨어버린 걸까, 숨었다

낯선 전화가 왔다 내 기억 도망쳤는데

내가 준 손수건이랑 노래 테이프를 사십여 년, 아직도
간직하고 있다는 녀석 나는 녀석을 좋아한다, 말한 적 없
지만 녀석은 지금도 나를 좋아한단다 수상 축하한다, 집
으로 배달된 녀석의 장미꽃 수십 송이에 귀를 바짝 붙여
보았다 아무 말, 소리도 들리지 않았다

녀석의
향기 가득한 말들
꽃 속에
숨은 걸까

그해, 축산항에서

풀잎을 흔드는 바람 머리카락 뒤집듯이
가만히 있지 못해 마음 절로 기울 때면
바다는
몸을 일으켜
갯바위를 후려쳤다

우렁찬 고함이 절벽을 흔들어대고
무심한 발길마다 전율하던 내 몸뚱이
헛돌던 정신 한 가닥
물속에 섞여들었다

흰 낮달 따라가는 풀벌레 정적 쌓이고
한 입 공기 들이켜면 피톨 돌아가는 소리
한 줌에 잡히지 않는
뼈마디
따뜻하다

자전거

― 임진각에서

그날 검은 안개가
백리 길을 집어삼키고

아카시아 흰 꽃들은 짓밟혀 울음 토했다

저 산맥
못 넘어 가랴, 굽잇길을 펼쳐간 날

페달에 감겨드는
뻐꾹뻐꾹 지나간 자리,
보광사 목탁소리에
계곡물소리 환하고

약속이 있었다는 듯
또
한 세상
굴러 넘어간다

제
5
부

말할 수 없어서, 말을 하고 마는

징검다리 건너간
그대
언제 다시 오려나

뜬눈을 감지 못해
타는 노을이 젖고

고요히
목 놓아 울던
풀숲
속
깃 접은 새

가을, 방화둘렛길

새벽 세찬 바람이
몇 굽이 포효하였다
내 가슴속 파고들어 숱하게 소용돌이쳐
둥글게
말리는 등골
견고한 벽이었다

가냘픈 옆구리 고인 고름 터져나와
생살을 저며낼 때 둥근 다발 달리아꽃
더 세게 빈틈 조이며
어금니 깨물던 날

내 입은 침이 타는 냄새로 가득하여
발음이 뭉개져도 말발굽 소리 쏟아냈다
그 요동
휘감은 비탈길 위
한결 낮아진 하늘

절규

어, 라는 문장을 잇다
〈뭉크〉 표정 읽는다

거대한 화산 때문에
전율하는 붉은 하늘

벌린 입
피 짜내는지
골수까지
하얗다

오랜만에 걸려 온 전화

칠월 오후 4시에 제사를 지냈단다

아이고 할매 할배요 저 놈 좀 데려가소!

엎드려 수십 번 빌어 숨이 가쁜 옥현이

그놈이 나를 때려 경찰이 다녀갔었고

육칠 개월 언니 집에 피신 가 있었다고

아직도 그 놈이 무서워, 긴 침묵이 장대비다

땡전 한 푼 안 벌면서 먹기는 잘도 처먹어,

장마철 장사 안 된다 일찍 접고 집에 갈란다

카페 문 닫는 소리에 흔들리는 낯선 저녁

어린 풀들

돌 틈 그늘 사이
철모르는 어린 풀들

뼛속을 파고드는
가시바람에 찔리면서

한 줌의
햇살 받으려 까치발이 시리다

겨울 속 갇혀 있어도
환한 봄날 꿈을 꿔

서로의 가슴마다
불을 켜는 따뜻한 눈빛

축축한
돌 그림자 품은
하늘 한 뼘 닿았다

장마

짓무른 바람이
내 가슴속 파고들어

해바라기 까만 씨앗
곰팡이를 피워댔다

애끓는
뼈마디의 기척
쓰러뜨리는
날갯짓

깊다

그저 동박새처럼

입 없이 살다가 벌떼처럼 날아다닌다

까치 노래방 기기는 음정 박자 어긋나도 100점이다 100점, 100점, 번쩍번쩍이며 가수 소질 있다고 빵빠레 울린다 동백꽃 피고 지는 계절 오면 동백꽃 피길 기다리는 사람들 눈빛처럼 100점은 그저 뜨는 게 아니다 동박새처럼 목청만 돋우면 영락없이 100점이다 바다 절벽 위 동박새 언제 노래방 다닌 적 있던가 동백섬 안 가본 우리도 마이크만 잡으면 동박새처럼 노래 부를 수 있다 그러니 점수 적게 나온다고 노래 안 하는 그대여, 음정 박자도 좀 제멋대로 놀게 확 풀어버리시라

마음이 썩어버릴까, 염수에 절인 날

침묵

말로 할 수 없는 말
기억 속에 퍼득거린다

거친 황토 물살에
떠내려간 신발 찾듯이

팔뚝을
꼬집어 비튼다고
눈부신 대낮
어두워질까

물결 속에서

버석거린 그대의 말
내 위벽을 찔러대는 밤

먼 산 부엉이가 붉은 울음 토했다

깊은 강
걸어 나와서
나는
새벽
달을 달였다

지름길

땀에 젖어 비에 젖어
언덕길 오르는 오후

왼손 우산 받쳐 들고 오른손 유모차 밀고

아기는
등에 업혀서
내 어깨 치며 말 달리듯

어쩌자고 이 시월에
팔월 더위 기승을 부려
베고니아 빨간 꽃들 돌아앉아 수군거리나

다른 길 없다는 듯이
또 한 걸음
탈탈 턴다

여론

치맛자락
걷어 올려
허벅지를
비틀 때

침처럼
꽂히는 햇빛
누가
뽑아낼 건가

샌들 끈
고쳐 매는데
온몸 샅샅
훑고 있어……

죽음을 살다
— 어머니를 그리며

달빛 드는

창가에

곤히 주무시다가

새벽녘 뽀얀 젖살 여민 채

군불 지펴주시던

거친 손

세상 일 다 내려놓고,

참 고운

열나흘 달

물의 가시

당신은 멀어지다
다가오는 물오리
대낮 햇빛을 받아 환하게 깨어나
한순간 기름진 얼굴 눈빛 초롱합니다

낙동강 버들섬
물새 소리 키우고
잠든 낙엽 허둥지둥 어디로 가느냐!
가슴속 비밀 펼치려다 그만두곤 합니다

오리들 자맥질에
푸른 물은 가시 세우고
내 언제 손 뻗어야 당신 닿을 수 있을까
눈송이
고운 비밀에
돌아갈 길, 잊고 마는

알

껍질의 얼개가 빙산처럼 견고해
금속염 결정체 강한 외압에도
뾰족 끝,
중심 겨누어
서로 죄는 저항력

성당 아치 천장처럼 짜 맞추면 더욱 단단해
품은 어미의 몸 들숨 날숨 반복하듯이
껍질 안
새끼 쉽게 나올
딱 그만큼 강할 뿐

새의 눈이 빅뱅 후, 은하처럼 들어차
가느다란 알끈이 노른자 감고 있어서
거꾸로 세워놓아도
바로 서는
오
뚝
이

끈

나는 또 묶습니다
손 있어도 없는 당신
치매로 십오 년 병상에서 중풍 앓는

아버지 마른 몸 구석
기억 그만 산山이 되셨나

콧줄 좀 뽑아다오, 말 한 마디 못한 채
베개 밑 울음 묻고 짓물러 붕대 두른

석상이 되어가는 몸
닿은 세상 어디인가

달빛이 잠들 때까지 발자국 시퍼렇고
간신히 굽이굽이 맨발 밟아 가야 할 길

숨죽여
문안 온 바람
가부좌 틀었습니다

언 손

1.

겨울, 내가 국물 끓여가면 그 개는 매달렸다

반갑다는 듯, 이제 왔냐는 듯 목을 축일 수 없는 녀석
꽁꽁 얼어버린 밥그릇 뒤엎을 수도 부숴버릴 수도 없는
녀석

이빨로 물 것도 아닌데
뜨거운 국물 부어주지 못한다

2.

팥죽도 싫다, 메밀묵도 못 먹겠다!

멀뚱히 바라만 보다 콧속 꽂은 호스로 끼니 때우는 아
버지
살기는 했냐는 듯 살고 있기나 하냐는 듯

묶여 있는 두 손이어서 말문 닫은 지 오래여서,

꽁꽁 언
저, 저 그릇은
봄이 와도
녹지 않는다

징검다리

돌 틈새 건너가서 당신으로 흐를까

백일홍 저 붉은 눈길 석 달 열흘 숨긴 밀약

고요히 여름 한쪽 흔드는 늦은 카톡, 춥다

한 번도 보지 못한 내 몸 뒤편 살고 있는 나

은밀한 낙서 지우고 심연을 들여다보니

눈과 혀 닫을 수 없어 강물 소리 뜨겁다

벽시계

깊은 밤
찾아와
고요 찢는
부엉이 소리

강추위 견디려면 울 수밖에 없다는 듯

비름박
높이 앉아서

내 꿈 깊이
詩 쓰네

/

존재 성찰과 도저한 여성성 사이의 자유의지

이지엽

경기대 교수 · 시인

　김명희 시인의 시편들은 교단에서 꽃 피운 형이상학파의 시를 연상케 한다. 기지가 넘치며 도전적이다. 존재를 성찰하면서도 일견 그것을 벗어 던져버리기도 한다, 제어할 수 없는 도저한 여성성이 바탕에 흐르고 있다. 대개는 이러한 시를 쓸 경우 현실 상황이나 시대인식에 약할 수 있는데 탄탄하고 견고한 현실인식을 보여준다. 가계家系에 대한 아픔들과 현실을 부단히 뚫고 절차탁마하는 자세가 그녀를 단련시켜왔으리라 판단된다.

　1. 자존과 자유의지

　김명희 시인의 시편들에서 상당한 비중을 차지하는 작품들은 자존에 대한 자각과 절대 정신을 추구하는 자유의지의 작품들이다.

늘 푸른 나무 한 그루
뼈와 관절 쑤시는 오후

드센 바람 마주한 채
길어 올린 눈물의 길

오늘도
생生을 펼치려
절벽, 난간

하늘 오른다

— 「절벽, 난간」 전문

.

시적 화자의 자존과 자유의지는 절벽의 난간에 서 있는
"늘 푸른 나무 한 그루"의 나무를 통해 투영된다. 「절벽, 난
간」은 하늘과 바로 연결된 공간이다. 시적 화자는 여기를
도달점으로 설정하지 않고 올라가는 기점으로 삼고자 한
다. 종장의 마지막에 그 "절벽, 난간 하늘"을 오른다고 하여
도전하는 의지를 확고히 하고 있다. 하늘을 오르기 위해서
는 허공에 보이지 않는 계단을 만들어야 하는데 시인은 그
길을 자신이 처한 상황, 곧 "뼈와 관절 쑤시"고 "드센 바람"
불어와도 "눈물의 길"을 만들면서 오르겠다는 것이다.

용접 불꽃처럼 튀어 오른 파도의 온몸
바닷물이 뒤집혀 용솟음치는 불춤이다
못 꿇을 무릎이어서

꼿꼿한 목 꺾을 수 없어

고하도 바닷길을 숨 가쁘게 달려왔다
물 울타리 곱게 두른 입암산 갓바위엔
손발이 시린 겨울도
뜨거운 심장 끓고

한 하늘 모였다
다시 떠가는 구름
손가락 걸던 약속 갈바람 어깨 스칠 때
낮잠 든 뱃고동 깨고 봄날 다시 활개 쳤다

누군가 앞을 가린 발 걸린 어둠 좍좍, 찢어
목 죄인 아침 바다 들끓던 모국어들
눈 깊이 아프게 새겨, 물불 섞여 타오른다
                                    ─「파도의 불춤」 전문

　　「절벽, 난간」의 눈물 길, 하늘 길은 「파도의 불춤」에서
는 불의 바닷길로 나타난다. "용접 불꽃처럼 튀어 오른 파
도의 온몸"이나 "바닷물이 뒤집혀 용솟음치는 불춤"은 일
출이나 일몰의 바다를 형상화한 표현이다. 시적 화자는
"낮잠 든 뱃고동 깨고 봄날 다시 활개"침을 주목하면서 아
주 강한 어조로 "발 걸린 어둠 좍좍, 찢"는다고 한다. 시적
화자의 자존은 "못 꿇을 무릎"과 꺾을 수 없는 "꼿꼿한 목"
에서 여실히 드러난다. 동시에 아무리 추운 "손발이 시린
겨울"에도 시적 화자는 "뜨거운 심장"이 끓는, 그래서 "목

죄인 아침 바다 들끓던 모국어들"을 갈무리하는 연금술사
가 되길 바란다. "눈 깊이 아프게 새겨, 물불 섞여 타오"르
는 시를 쓰기를 갈망한다. 이를테면 「파도의 불춤」은 시적
화자의 창작에 임하는 치열한 불꽃 정신을 은유하고 있는
작품인 셈이다.

　　껍질의 얼개가 빙산처럼 견고해
　　삼각형 금속염 결정체 강한 외압에도
　　뾰족 끝,
　　중심 겨누어
　　서로 죄는 저항력

　　성당 아치 천장처럼 짜 맞추면 더욱 단단해
　　알 품는 어미 무게 들숨 날숨 경유하듯이
　　껍질 안
　　새끼 쉽게 나올
　　딱 그만큼 약할 뿐

　　새의 눈이 빅뱅 후, 은하처럼 들어있어
　　가느다란 두 끈이 노른자 감고 있어서
　　거꾸로 세워놓아도
　　바로 서는
　　오
　　뚝
　　이

　　　　　　　　　　　　　　　　　　　—「알」 전문

초장은 "껍질의 얼개", "빙산", "삼각형 금속염 결정체" 등의 이질적 언어들이 "견고", "외압", "뾰족", "중심", "저항력" 등의 밀도와 접촉의 언어들과 조합하여 알이 어떻게 둥글면서도 견고한 저항력을 갖게 되는지를 보여 주고 있다. 더욱이 중장의 로마네스크식 성당의 둥근 아치 천장을 알의 견고한 조직으로 가져온 상상력은 돋보인다. 결국 시적 화자는 "거꾸로 세워놓아도/ 바로 서는/ 오/ 뚝/ 이"를 지향하고 있다. 「낙지」에서 시적 화자는 "온몸이 뚝뚝 잘려서/ 갈 곳 없는 길/ 그냥/ 간다"라고 하여 결코 물러섬이 없는 강인한 자존의 결의를 보여주기도 한다. 「봐요, 환한 걸음」에서는 독한 장마를 견디고 "햇살 크게 베어 물고 헛된 식욕처럼/치뜬 눈 닫을 수 없어/걸음 더욱 단단"한 나무와 시적 화자의 모습을 형상화하고 있다.

2. 도저한 여성성

시인의 작품에서는 또한 도저한 여성성이 기저에 흐르고 있다. 현대에 이르러 여성의 역할이 늘어남에 따라 모든 분야에서 남성과 동등한 양성구유兩性具有의 시대가 전개되고 있다. 시적 화자는 많은 작품에서 이를 적극적으로 수용하고 있다.

괄약근 빠져나온 알, 물 위에 둥둥둥둥
햇빛 손이 낚아채도 개구리알처럼 빠져나간다

뽀오얀 수증기 속에
저 눈들 한통속

몸을 감싸는 성체性體 아메바 세포 분열하듯
눈들이 보다 못해 터져 나온 웃음소리
오목 손 물샐 틈 없이
건져 올린 하얀 섬

일흔셋 왕 언니 회귀새가 따로 없다
야, 예뻐, 이 꽃망울들 끝없이 피겠다야!
갓 나온 병아리처럼
없는 목뼈 꼿대 세운다

— 「알집」 전문

　시적 화자는 일흔셋의 나이에도 "야, 예뻐, 이 꽃망울들
끝없이 피겠다야!"라는 인식을 포착해낸다. 더군다나 "갓
나온 병아리"라는 다소 과장된 표현도 구사한다. 뤼스 이
리가레이Luce Irigaray는 『오목거울Speculum』에서 플라톤의
'동굴 신화'를 분석하면서 동굴을 여성, 어머니의 몸 즉 '자
궁'의 상징으로 읽어내듯, 시적 화자는 황혼기라 인식하는
가운데서도 생의 빛나는 의미를 발견해내고 있는 것이다.

볼록하거나 이미 홀쭉해진 젖가슴이나
엉덩이거나 검은 음모陰毛에 덮여 있는
그 위대한 생산의 집들을 보고 싶다

— 조은길, 「3월」 부분

마치 조은길이 "이미 홀쭉해진 젖가슴"을 통해서도 우리 시대를 이끌어가고 있는 음지의 "위대한 생산의 집"을 보고 싶다는 의미와 상통하고 있다고 볼 수 있다. 건강하고 대지적인 여성성이 "눈들이 보다 못해 터져 나온 웃음소리"의 즐거움으로 젊게 형상화되고 있는 것이다.

한층 얇아진 몸은 다시 물결 보태지요

구멍이 없다면 산부인과 젊은 남자 의사의 눈길 앞에 어떻게 다리를 쩌억 벌리겠어. 아무리 일회용 비닐장갑을 꼈다지만 그 손이 구멍을 비집고 들어와 골반뼈를 꾹, 꾹 누를 때 아, 아 아파요, 내 소리가 귓구멍으로 들어가 달팽이관을 물어뜯는지 아파요, 그만, 그만, 그 남자 시뻘건 시선으로 나를 내려다본다. 구멍이 없다면 말이야, 진실은 말하는 게 아니라 보여 주는 것, 입가에 거품 문 줄도 모른 채 열강하는 선생님 얼굴, 스친다. 아, 구멍이 없다면, 떨쳐버릴 수 없는,

불안이 빠져나갈까 꽉 홀쳐맨 괄약근.
— 「꽉 홀쳐맨 괄약근」 전문

「꽉 홀쳐맨 괄약근」에는 금기시 되어온 얘기가 서슴없이 펼쳐진다. 동시에 이에 대비되는 남성성은 "시뻘건 시선", "입가에 거품 문 줄도 모른 채 열강하는 선생님 얼굴" 등 부정적으로 묘사된다. "진실은 말하는 게 아니라 보여 주는 것"이라는 의미도 여성성에 의미를 둔다면 역설적이 아닐 수 없다.

새벽에 깨어나 칭얼대는 아기 재우고
밤새워 앓던 고열 허리 질끈 동여매고

킥보드
쌩쌩 달려서
방화역 앞 닿아요

커다란 손 같은 낙엽, 마구 떨어진 길
발밑에서 바스락! 부서지는 현기증

잰걸음
보태질 때마다
격렬하게 꿈틀거려요

숨 가쁘게 그렁대는 거센 바람 밀치면서
입김이 안경 가려도
팔다리 잘도 좇아가요

지하철, 온몸 구겨 넣고 어느새 졸아요

—「워킹맘」 전문

아기를 키우면서 직장생활을 하는 여자를 시적 주인공
으로 삼은 「워킹맘」에서는 강인한 여성상을 설정하고 있
다. 밤새워 고열로 앓았음에도 킥보드를 타고 출근하는 모
습에서는 아무리 큰 어려움이 오더라도 정면 돌파해 나가
는 적극적인 삶의 응전을 읽을 수 있다.

내 손등 파란 핏줄처럼
너의 얼굴 만지고 싶어

지문은 빗방울 흔적처럼 남는다

미열의 아득함으로

한순간도 멈출 수 없어
— 「담쟁이 넝쿨」 전문

여성성은 생태성과 때로 만나기도 한다. 에코페미니즘으로 명명할 수 있는 이 정신은 80년대 민중시, 90년대 생태시를 넘어선 미래 시학의 한 모습이라는 점에서 주목되는 문학 담론 중의 하나라 볼 수 있다. 둘의 속성이 생명성과 치유성을 가지는 등 비슷하기 때문에 같이 전개되는 것이 지극히 자연스럽다고 볼 수 있다. 중요한 것은 종래의 획일화된 이분법적 사고 즉 인간/자연, 기표/기의, 남성/여성, 자연/문명 등을 뛰어넘을 수 있다는 것이다. 「담쟁이 넝쿨」이 갖는 강한 생명력은 부드러움과 동시에 강렬함을 동시에 지니고 있다.

초장에서 보이는 "핏줄처럼/ 너의 얼굴 만지"는 것은 살아있는 생명의 부드러움으로 접근하는 것이다. 반면에 종장의 "미열의 아득함으로/ 한순간도 멈출 수 없"는 것은 강함이다. "아득함"과 "멈출 수 없음"은 어떤 시련이 있더라도 결코 포기하지 않고 나아가는 용맹정진을 형상화되고 있어 원환적사고圓環的思考를 보여준다고 할 수 있다. 원환적사고는 원형으로부터 나온 어떤 것이 근원으로 다시 돌아가는 일련의 순환 과정을 거친다는 믿음에 기초한 사고. 이분법적이거나 직선적인 서양의 사고방식과 대립되는 개념으로, 주로 동양의 사유 체계를 설명할 때 쓰이는 말이다. 원환적 사유 방식에서는 근원에서 갈라져 나온 이질적인 것들이 재차 융화되며 다시 그 기원으로 회귀한다는 점을 강조한다.

3. 시대사의 전변과 소시민의 삶

앞선 경향들로 본다면 시인의 시대나 역사에 대한 인식이 빈약할 것처럼 보이는데 전혀 그렇지 않음에 우리는 주목하지 않을 수 없다. 김명희 시인의 시편들에서는 소시민의 삶이 진솔하게 잘 나타나고 있다.

문제에 답이 없는가 낮술 비트는 사내
마구 쏟아내는 말들
허기진 포만감 낳고

오만상 똬리를 틀며 숨 막히는 미궁 속

인파 잘들 오가는데 문득 생이 멈췄다는 듯

쓸쓸하지 않다는 척,
썩은 희망 꼭 붙잡고

시든 몸 또 하루를 공친 가는 곳 그 어딘가

세상이 이 꼴인데 할 말 뭐 있겠냐고
조용히 해달라는
단속반원 신신당부

그 말을 집어삼키며 열한 시 막차 떠난다
　　　　　　　　　　　　　　　　—「동서울터미널」 전문

　　아마 지방에 있는 시적 화자가 일상 가운데 겪은 귀가의
인상적인 풍광을 잡았을 것으로 추측된다. 사내의 주정을
통해 시인은 하고 싶은 말을 쏟아낸다. 그러므로 "세상이
이 꼴인데 할 말 뭐 있겠냐"는 주정은 주정이 아니라 가장
강한 메시지다. 세상이 물론 모든 것을 다 해주는 것은 아
니지만 의당 서야 할 자리가 아니라 당리당략에 휩쓸리는
모습을 보면 울화가 치민다. 시적 화자는 이 울화를 한 사
내를 통해 대언하고 있는 것이다.

　　황급히 길을 가다가
　　거미줄에 낚여버렸다

　　여름 한낮 허공 날던 한순간 눈앞 깜깜했겠다 목목목 목, 조르
지 마! 파랗게 질린 통곡의 그 입술, 애끓어 바라볼 수 없는 눈 붉

은 바람 행렬 노을 속, 간다, 간다

피 비린 하늘 바다에 물새 울음 떨고 있다

―「그날」 전문

흑인 남성 조지 플로이드의 사망을 소재로 하고 있다. 인종차별의 문제나 공권력의 남용은 다문화의 시대를 살아가고 있는 오늘날 결코 좌시할 문제가 아니다. 시인은 이러한 불평등의 요소를 그냥 넘기지 않는다. "파랗게 질린 통곡의 그 입술, 애끓어 바라볼 수 없는 눈 붉은 바람 행렬 노을 속, 간다, 간다"에서 보듯 스피드한 전개를 사설시조의 급박한 호흡에 담아 그 질감을 아주 생생하게 잘 그려내고 있음이 주목된다.

거센 바람 몰아치는 날 아버지는 먼 길 나섰다
밀린 품삯 받아내어 내 교복 사야 한다며

따뜻한 물 한잔 못 잡숫고
초롱에 불붙이셨다

헝겊 덧댄 낡은 고무신 대문 조용 넘어가셨고
어린 별들 깊은 꿈속 달밭 향한 시오리 길

모른 척 돌아누우며
이불 당겨 뒤집어썼다

툭! 툭! 고드름 소리 한세상 얼어버릴 듯
도처에 비닐 소리 허공 뒤흔들고 있어

벌겋게 목젖, 젖어서
해를 당긴
시린 손

—「깜깜 새벽」 전문

　가족사의 어둡고 힘든 일면을 클로즈업시킨「깜깜 새벽」
에는 "1974년 1월"이라는 부제가 있다. 밀린 품삯을 받아
서 시적 화자의 교복을 사야 한다며 아버지가 추운 새벽 먼
길을 떠나던 시간이었음을 암시하고 있다. "헝겊 덧댄 낡
은 고무신"을 신으셨으니 얼마나 가난했으랴. 그런 현실을
"모른 척 돌아누우며/ 이불 당겨 뒤집어썼"지만 시적 화자
는 "한세상 얼어버릴 듯"한 "툭! 툭! 고드름 소리"를 다 듣
고 있었다. 그러면서 아버지의 "벌겋게 목젖, 젖어서/ 해를
당긴/ 시린 손"의 의미를 초점으로 잡아 여운을 살리고 있
다.「푸른 하늘의 소나기」에도 가족사의 눈물겨운 장면이
잘 형상화되고 있다. 코에 꽂은 고무호스 위장까지 내려간
(그 호스로 끼니를 잇는 아버지), "폐암으로 각혈하면서도
아버지 챙긴 어머니", "한파 속 냄비 들고 국수 사 온 둘째
딸아이" 이들이 "서로를 어루만지며" 위로하는 모습이 뜨
겁고 감동적이다. 그러나 점점 다가오는 이별의 기운을 막
을 수는 없는 법. "설익고 푹 삭은 눈물 가을처럼 텅"구는

모습을 섬세하게 그려내고 있다.

　지금까지 우리는 김명희 시인의 시편들에 드러난 시적 지향점을 살펴보았다. 김명희 시인은 자존과 자유의지를 지향한다. 이 의지는 절벽의 난간에 서 있는 "늘 푸른 나무 한 그루"의 나무를 통해 투영된다. 「절벽, 난간」의 눈물 길, 하늘 길은 「파도의 불춤」에서는 불의 바닷길로 나타난다. "용접 불꽃처럼 튀어 오른 파도의 온몸"이나 "바닷물이 뒤집혀 용솟음치는 불춤"을 통해 일출이나 일몰의 바다를 형상화하면서 창작에 임하는 치열한 불꽃 정신을 동시에 은유하고 있다.

　동시에 그녀의 시는 기지가 넘치며 도전적이다. 존재를 성찰하면서도 제어할 수 없는 도저한 여성성을 품고 있다. 「알집」을 통해서는 일흔셋의 나이에도 "야, 예뻐, 이 꽃망울들 끝없이 피겠다야!"라는 인식을 포착해내며 여성성의 아름다움을 형상화한다. 「꽉 홀쳐맨 괄약근」, 「워킹맘」 등의 작품에서도 금기시되어 오거나 쉽게 시적대상으로 올리기 힘든 여성성을 대상으로 도저한 여성성의 흐름을 보여준다.

　또한 현실 상황이나 시대인식에 약할 수 있음에도 그녀는 탄탄하고 견고한 현실인식을 보여준다. 「깜깜 새벽」, 「푸른 하늘의 소낙비」 등 가계家系에 대한 아픔들과 현실을 부단히 뚫고 절차탁마하는 자세가 그녀를 더욱더 옹골

차게 단련시켜왔기 때문이다. 그러므로 우리는 김명희 시인이 앞으로 다가올 시대사의 전변과 21세기 거대 담론도 정면으로 돌파해 나가며 시의 중심에 서 있으리라고 믿어 의심치 않는다.

열린/시/학/정/형/시/집 **168**

오지 못하게

초판 1쇄 인쇄일 · 2021년 12월 22일
초판 1쇄 발행일 · 2021년 12월 30일

지은이 | 김명희
펴낸이 | 노정자
펴낸곳 | 도서출판 고요아침
편   집 | 이양구 김남규

출판 등록 2002년 8월 1일 제1-3094호
03678 서울시 서대문구 증가로 29길 12-27, 102호
전화 | 302-3194~5
팩스 | 302-3198
E-mail | goyoachim@hanmail.net
홈페이지 | www.goyoachim.net

ISBN 979-11-6724-071-2(04810)
ISBN 978-89-6039-728-6(세트)

* 본 도서는 경북 예술인 창작활동 준비금 지원사업의 후원을 받아 진행되었습니다.